S0-AWL-597

潛進海龍宮

魔法校車

潛進海龍宮

文／喬安娜‧柯爾　圖／布魯斯‧迪根
譯／蔡青恩

遠流出版公司

The Magic School Bus On The Ocean Floor

Text copyright © 1992 by Joanna Cole

Illustrations copyright © 1992 by Bruce Degen

Chinese translation copyright © 2002, 2012 by Yuan-Liou Publishing Co., Ltd.

Published by arrangement with Scholastic Press, a division of Scholastic Inc., through Bardon-Chinese Media Agency

博達著作權代理有限公司

ALL RIGHTS RESERVED

魔法校車 4

潛進海龍宮

策劃／劉克襄　審訂／邵廣昭

文／喬安娜‧柯爾　圖／布魯斯‧迪根　譯／蔡青恩

副主編／林孜懃、陳懿文　美術設計／賴君勝、郭幸會

行銷企劃／陳佳美　出版一部總編輯暨總監／王明雪

發行人／王榮文

出版發行／遠流出版事業股份有限公司　臺北市100南昌路2段81號6樓

郵撥：0189456-1　電話：（02）2392-6899　傳真：（02）2392-6658

著作權顧問／蕭雄淋律師　法律顧問／董安丹律師

圖文整合／賴雲雀（中原造像股份有限公司）

輸出印刷／中原造像股份有限公司

□2002年6月1日　初版一刷　□2014年11月20日　二版三刷

行政院新聞局局版臺業字第1295號

定價／新臺幣280元（缺頁或破損的書，請寄回更換）

有著作權‧侵害必究　Printed in Taiwan

ISBN 978-957-32-6949-6

YL_遠流博識網 http://www.ylib.com　E-mail: ylib@ylib.com

繪者於本書運用了鋼筆墨水、色鉛筆、一般水彩和壓克力水彩等媒材來完成全書繪圖。

本書中的海洋生物，只在故事中第一次出現時標示出名字。

本書作者與繪者要感謝康乃迪克大學海洋所海洋學教授約翰‧巴克博士給予之協助。

此外，還要感謝下列許多人士提供給我們的建議與諮詢：
國家科學基金會教師預備與充實計畫指導人蘇珊‧史奈得博士；
國家科學基金會海洋科學部麥可‧李維博士；
州立寶稜格林大學海洋生物學教授辛蒂‧史東；
麥斯威爾‧柯漢先生；
巴爾地摩國家水族館的工作人員；
康乃迪克州紐倫頓市的湯瑪斯科學中心；
以及美國自然史博物館。

獻給我至愛的瑪歌、布魯斯、艾蜜莉和貝絲
——喬安娜・柯爾

謹獻給爸爸、媽媽，和那些屬於海灘的夏天
——布魯斯・迪根

一天又接近尾聲，學校裡熱的不得了。我們已經為了海洋科學的報告忙了好幾個鐘頭。

卷髮佛老師對我們的努力成果非常滿意；然而我們已是精疲力盡，也熱到了極點。

> 天啊！今天的太陽真火辣辣！

> 還好卷髮佛老師穿的不會太火辣。

> 嗯，她今天穿的還真清涼！

保護海洋剪報集
汪達、菲爾共同製作

漏油事件

群日報

大海怒吼：我不是垃圾桶！

學童協助清理海灘

塑膠袋對海洋生物的傷害

海膽模型
蓋瑞製作
這個模型是利用牙籤和黏土製作而成。

海　膽
是一種在海底爬行的動物，
牠以海中植物為食。
牠們身上有尖銳的棘刺
可以保護自己。

真實海膽的照片

學習海洋知識很好玩吧！
你說是嗎？ 阿諾！

老實說，我已經快要抓狂了……

我們飼養的寄居蟹——哈門
阿諾、阿曼達 共同負責

借住蝸殼的寄居蟹

寄居蟹會去尋找
空的蝸牛殼，搬進去住。
當牠越長越大時，
牠會再去尋找
更大的殼來容身。

哈門的食物

1. 剁碎的生魚肉
2. 帶殼的生蝦

世界各海洋
連成一片大汪洋！

——瑞秋的報告

地球上的各個海洋是互相連接
的，它們一起組成了一片世界性
的大海洋。

北極海
北太平洋
北大西洋
南太平洋
南大西洋
印度洋

世界海洋圖

地球是一個
以「水」為主的星球

——汪達的報告

地球上，水的面積遠多於陸地的
面積。海洋覆蓋了大約四分之三的
地球表面呢！

9

海中泳者
雪莉、約翰、羅夫共同報告

魚類——利用兩側搖擺的尾鰭游泳。

鯨——利用上下搖擺的尾部游泳。

水母——
　先將身體像雨傘一般撐開，再快速闔起噴射向上。

烏賊——
　吸水進入體內再射出，產生的力量可使牠噴射向前或向後。

干貝——
　利用快速開闔貝殼來移動。

「胡姆胡姆努庫努跨普阿阿魚」
這是我做的雕像；這種魚生長在夏威夷。（魚的名字比牠的身體還長！）
　　　　　　　　　——亞力士報告

我們正要黏上最後一張介紹海洋生物如何游泳的壁報時，突然有人說了句：「真希望我們能去游泳。」

10

卷髮佛老師抬起了頭來。

突然，她說：「孩子們，老實說，我老早就計畫好明天要帶你們去看海了。」全班立刻歡聲雷動！

有個古怪的老師，有時也不是一件壞事嘛！

為何海水是鹹的？
——提姆的報告

海水中的鹽分大部分都來自岩石。岩石內含有鹽分，當它被海水侵蝕，鹽分也隨著進入海水中。

十五公斤
十五公斤

一立方公尺的海水內大約含有超過三十公斤的鹽。

第二天馬上就到了，每個人都穿著海灘裝出現。

我們一一一登上那輛老校車，卷髮佛老師也很快就發動引擎。

一切準備就緒，我們要出發迎接這充滿陽光的一天了！

我已經迫不及待要下海去游泳了！

我想要在海灘上蓋一個大沙堡呢！

哇，我們真是太幸福了！

車子終於抵達了海邊，我們全都巴望著趕快下車去玩耍。

猜猜看發生了什麼事？

卷髮佛老師居然沒把車停下來。

她踩著油門繼續衝，繞過救生站，穿越整片沙灘，直衝到海水邊。

沙子從哪裡來？

——妃比的報告

岩石碎裂後，變成一小片、一小片，就是沙。

可以說，每一粒沙都是一小片的岩石或貝殼。

嗨！我是這裡的救生員藍尼。這是我去年救起一個十歲小孩的照片。

嗯～嗯！

喂，我們要去哪兒啊？

佛老師不是應該要把車停在停車場嗎？

哦，是嗎？

13

每日的潮起潮落
—瑞秋的報告

當沿岸的水升高、變深，就是「漲潮」。

當沿岸的水退去、變淺，就是「退潮」。

漲潮　　　　　退潮

造成漲潮和退潮的主要原因，是因為月球的引力對地球和地表的海水不斷牽引所導致的。

「我們現在到了潮間帶。」卷髮佛老師終於說話了。

「這裡也算是海岸的一部分，漲潮時會被海水蓋住，退潮時則露出水面。」

右手這張是我救起一個老祖母的照片。左手這張則是我最有名的一次救援行動：我救了一隻叫莫菲的寶貝狗！

我們看到車窗外有一些潮池，那是退潮後還留在岸上的水窪。

大家都滿懷希望，看卷髮佛老師會不會在這裡讓我們下車。

然而，天不從人願，她還是全速向前行駛。

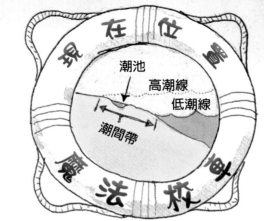

現在位置 康法校 海車

潮池
高潮線
低潮線
潮間帶

佛老師明明說要帶我們到海邊玩的。

不對！ 不對！ 她是說要帶我們去「看海」。

她是真的要我們進到海裡去看看！

海草

海星

笠貝

玉黍螺

貽貝

綠蟹

藤壺

海膽

浪是如何形成的?
—— 弗蘿莉的報告

大部分我們所看到的浪是由風所造成的。
風越強,興起的浪也就越大。

微風只會激起小漣漪。

強風則能掀起大波浪。

當校車開進海中,濺起一堆浪花時,救生員終於注意到我們,一時間哨音大作。

但卷髮佛老師就是不停車。

救生員只好衝下海來拯救我們。

各位抱歉,我必須要去搶救那輛校車了。

嗯~嗯。

哦。

突然，海面上掀起一陣詭異的大浪。卷髮佛老師打開車門，救生員就順勢漂進車裡。

這時窗外除了洶湧急流的海水外，什麼也看不到。我們全都驚嚇到不敢睜開雙眼，並且尖叫了起來。

當我們好不容易再睜開眼睛，四週的一切已經安靜下來。

我們已在海面下，有些事情也發生了變化。

老校車變成一艘潛水艇，我們身上則換成了潛水衣。

唉！我們早該想到，這原來又是一次卷髮佛老師帶頭的瘋狂之旅！

大家別擔心，我一定會拯救你們的，這是我的職責所在啊！

等一下再說吧。

卷髮佛老師才剛要開始大展身手呢！

天底下沒有任何事能夠阻止她的。

鮪魚

烏賊

鰈魚

海葵

18

卷髮佛老師一分鐘也不肯浪費，馬上開始講解海洋知識。

「我們現在正在通過大陸棚。」她說：「這整片大陸棚是從海岸一直延伸到大約一百二十至一百八十公尺深的海洋中。」

同學們，這裡的水越來越深哦！

海洋科學對我來說也太深了。……

石鱸

肥魚號

什麼是大陸棚？
——卡門的報告

在地球上所有大陸的邊緣，陸地是逐漸傾斜向下，並且被海水覆蓋住的。

這些被蓋在水下的陸地，就稱為大陸棚。

何謂「大陸」？
——桃樂絲的報告

「大陸」指的是地球上最主要的七塊陸地：
(1)非洲
(2)南極洲
(3)亞洲
(4)澳洲
(5)歐洲
(6)北美洲
(7)南美洲

現在位置

大陸棚

魔法校車

魚如何在水中呼吸？
——阿曼達的報告

人類利用「肺」吸取空氣中的氧。
魚類則利用「鰓」從水中獲得氧。

溶解在水中
的氧氣

水

水

鰓吸進氧氣

水通過後
排出

水流入魚的口中，再進
入鰓，然後從身體兩側的
鰓裂排出。

卷髮佛老師終於決定要讓我們下車了。謝天謝地，我們有氧氣筒可用！

只見四周都是魚，多得數不清的魚。佛老師說道：「很多種魚都會成群結伴而行，所以才有『魚群』的稱呼。」

海綿

看！整群的魚！

看！整群的小孩！

真希望我們也有校車坐。

在我們的下方就是泥濘的海底。

龍蝦正在捕捉螃蟹，海星舞動著臂膀刺探蛤蚌。

水母則是輕輕飄過，利用收縮觸手來獵捕小魚。

原來，海面下的世界是這麼生氣盎然啊！

水母

阿諾，我們吃的海鮮大部分都是從大陸棚來的。

我還以為牠們都是從超市的展售棚來的……

青蟹

龍蝦

蛾螺

海星

蛤蠣

青干貝

問：哪些海洋生物名字有「魚」，但卻不是魚？
答：水母！
（英文俗名 Jellyfish，「果凍魚」）
——蓋瑞的報告

真正的魚，必須具有背骨、鰓和鰭。

有一些動物名字的英文俗名字尾有「魚」，但並不是真正的魚類。

事實上，很多海洋動物是屬於無背骨的無脊椎動物。

以下就是一些無脊椎動物的例子：

水母（Jellyfish）

海星（Starfish）

貝介類（Shellfish）

干貝　貽貝　　　蝸牛　螃蟹

浮游生物是什麼？
——阿諾的報告

浮游生物是一大群漂浮在海面附近的動、植物總稱。

大部分的浮游生物體積都非常小，許多都必須藉助顯微鏡才能看得到。

卷髮佛老師說水裡還有一些我們肉眼看不到的生命存在。

她拿出了一個顯微鏡，讓我們觀察海水。我們果然在鏡頭下看到了奇怪的小生物。

「大家過來！」佛老師大聲喊：「這些小東西叫做浮游生物。」

同學們，浮游生物也可以分成動物和植物兩大類。

哇！一隻浮游動物正在吃浮游植物呢！

喔，好好吃。

紅海藻

浮游動物

浮游植物

鯊魚屬於魚類

——茉莉的報告

大部分的鯊魚都是快速的泳者，同時還擁有像刀一樣銳利的牙齒。牠們不但吃螃蟹、魚、海豹等海洋動物，甚至連其他的鯊魚也吃。

各式各樣的鯊魚

大白鯊 →

→ 錘頭雙髻鯊

狐鯊 →

鬚鯊 →

特殊的骨骼

——羅夫的報告

鯊魚的骨頭和其他的魚並不相同。鯊魚的骨頭是由軟骨構成的，這種具有可彎性的軟骨和人體耳朵、鼻尖的軟骨是相同的。

完了，這些身影竟然是虎鯊！

佛老師叫大家不要緊張，還告訴我們大部分的鯊魚是不會吃人的。

她說：「每年真正被鯊魚攻擊而死的人其實是少之又少的。」

不管她怎麼說，我們早已嚇壞了！

接著又有一隻巨大的鯨鯊游過來。

卷髮佛老師說：「鯨鯊從來不傷害人類，牠只吃浮游生物而已。」

這隻大鯨鯊朝向海洋更深處游去，我們便尾隨其後。漸漸的，我們離開了平坦的大陸棚，游到一片叫做大陸坡的陡急峭壁上。

顯然我們正朝著更深的海底前進！

喂！鯊魚！拜託你游回來吧！我還沒表演到勇救學童的神技呢！

我們來囉！

鯨鯊不是鯨

——麥可的報告

鯨鯊和其他鯊魚一樣都屬於魚類。

取名為鯨鯊是因為牠是鯊魚中體型最大的。

現在位置

大陸坡

海

魔法校

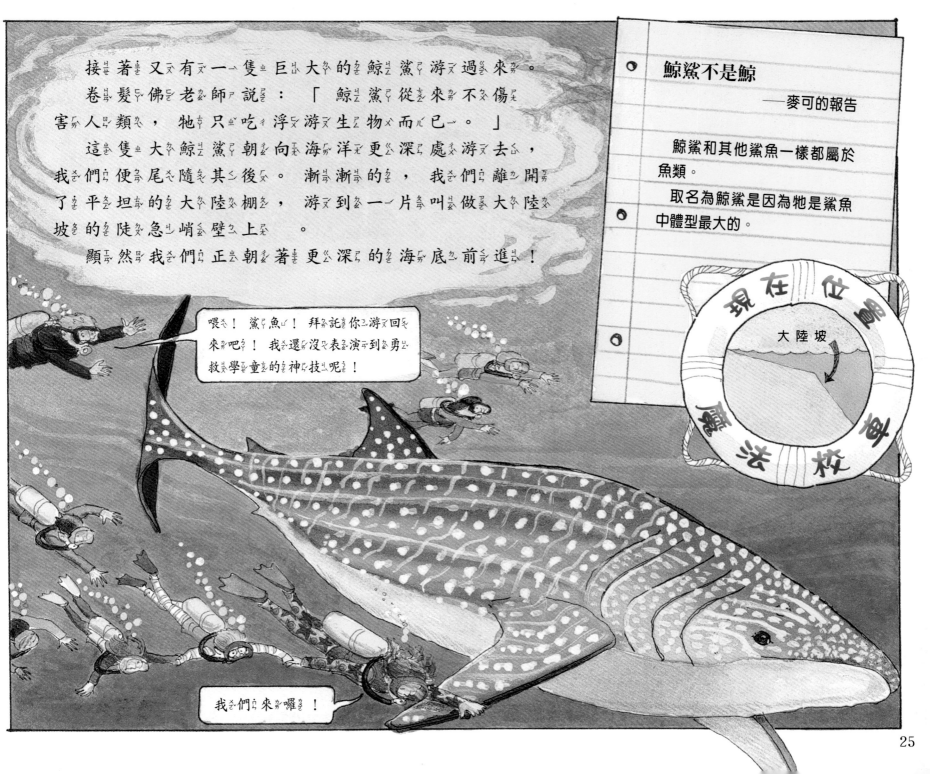

25

海底是平的嗎？

——菲爾的報告

大部份的海底是一望無際的平坦地形，但這並不表示所有的海底都是平的。

事實上，地球上最深的峽谷和最高的山脈都是在海裡發現的。

水底下的峽谷叫海溝

目前發現最深的海溝約十一公里深

島嶼其實是山頂

——阿諾的報告

位在海面下的山，當它的山頂露出於海面上時，這山頂就叫作島嶼。

看，有一個島！

看，有一座山！

過了一會兒，這隻鯨鯊往別處游去。但卷髮佛老師還是帶領我們往下方游。這裡的海水冷得刺骨，又黑漆漆的，陽光根本無法穿透到這麼深的地方來。

卷髮佛老師打開她的手電筒，當我們要游回校車時，才發現校車又有了變化。

阿諾，你不會怕黑吧？

你說我嗎？我最愛黑了。可是……現在可以回家了嗎？

26

這回校車變成了一艘科學探測潛航器，是專門用以來做深海探險的哦！

卷髮佛老師特別解釋說：「這麼深的地方水壓很大，普通的潛水艇是會被壓壞的。」

接著她一路駛向海底。「這裡已沒有足夠的食物可供大型動物生存。大部分的深海魚，體型都很嬌小。」整個深海海底空曠得像水中沙漠！

這些小小的深海魚，在黑暗中會發光哦！

牠們會發出特別的光，就好像陸地上的螢火蟲一樣。

深海鮟鱇

燈籠魚

囊咽鰻

褶胸魚

為什麼在深海底
植物無法成長？
——汪達的報告

植物要成長必須要有光線照射，而海底對植物來說太暗了。

海底動物吃什麼？
——雪莉的報告

有些深海動物靠上層海洋沉下來的食物碎屑為食。
還有一些則利用牠們的特殊光線吸引獵物。

現在位置

陸棚
陸坡
深海海底

魔法校車

深海熱泉的由來
——亞力士的報告

深海熱泉的形成，首先要有海水滲透到海床的縫隙中。

這些水碰到地球內部非常燙的岩石，就變成非常燙的水，再從海底的開口噴出形成熱泉。

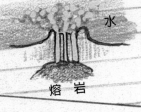

水

熔岩

在熱泉附近
如何製造食物？
——雪莉的報告

有一些特殊的細菌，利用熱泉產生的硫化氫和熱能來製造牠們所需要的食物。

這些食物供養了熱泉附近的生物。

我們繼續前行，突然看到一個小區域裡充滿各式各樣的生命，就像一座海底花園，裡面有一堆稀奇古怪的動物。

「各位同學，這個地方就是深海熱泉。」卷髮佛老師說：「像煙囪一樣的泉口，是海床上的開口，從這開口會流出非常燙的水以及硫化氫氣體。」

同學們，在深海熱泉這邊，有非常充足的食物可供許多大型動物生存。

這些管狀蟲看起來好像特大號的「口紅」。

巨蛤（長三十公分以上）

巨管蟲（長達二百四十至三百公分）

佛老師說海床上還有其他的泉口，「很可惜，我們已經沒有時間去——探訪它們了。」

她拉起儀表板上一個操控桿，校車便迅速的朝海面上昇。

> 這些蠕蟲看起來好像義大利麵條耶。

> 我們吃過午餐沒？

> 拜託！我都沒有食慾了。

> 那個海羊齒長得就像是一朵小花。

海羊齒（五公分大）

細菌墊（七十五公分厚）

長蠕蟲（最長六十到九十公分）

第一個深海熱泉是何時被發現的？

——約翰的報告

第一個深海熱泉是在一九七○和一九八○年間才被發現的。在這之前，海洋學家從來沒有在這麼深的海底看過這些巨大的動物。

白蟹和蝦（三十公分大）

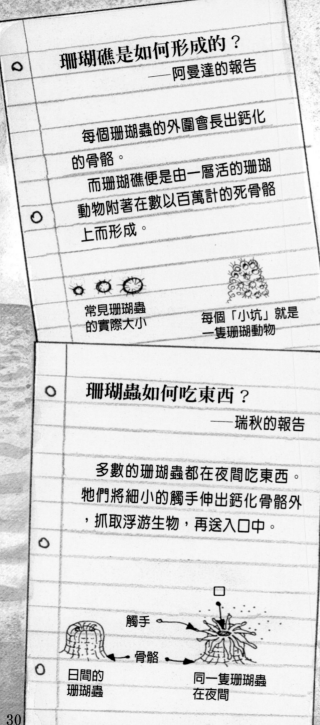

珊瑚礁是如何形成的？
——阿曼達的報告

每個珊瑚蟲的外圍會長出鈣化的骨骼。

而珊瑚礁便是由一層活的珊瑚動物附著在數以百萬計的死骨骼上而形成。

常見珊瑚蟲的實際大小

每個「小坑」就是一隻珊瑚動物

珊瑚蟲如何吃東西？
——瑞秋的報告

多數的珊瑚蟲都在夜間吃東西。牠們將細小的觸手伸出鈣化骨骼外，抓取浮游生物，再送入口中。

觸手

骨骼

日間的珊瑚蟲

同一隻珊瑚蟲在夜間

我們很快就浮出海面上，朝一個充滿陽光的島嶼開去。

這時校車又變成一艘玻璃底的小艇。透過玻璃，我們看到海裡像是一個由許多彩色岩石所構成的美麗世界。

卷髮佛老師說那就是珊瑚礁，是靠許多細小的珊瑚蟲群聚而成的。

我們跳下甲板潛入水中，再度開始探險。

別游太遠哦！我的救援任務還沒結束呢！

喔，他的救援任務已經開始了嗎？

我想他是很盡力的。

海筆

這些礁石其實是由許多不同型態的珊瑚礁所組成。

有一些珊瑚礁看起來像是有很多分枝的樹幹，有些則像扇子或手指；還有一些看起來甚至像人類的大腦！

珊瑚的顏色從何而來？
——麥可的報告

珊瑚蟲體內住著一種彩色的單細胞藻類。

這些單細胞藻類形成珊瑚各式各樣的顏色。

如果沒有這些藻類，所有的珊瑚都將是白色的。

珊瑚需要藻類共生。

如果藻類死了，珊瑚也活不下去。

鹿角珊瑚

海扇

看！那是你的腦袋！

不對吧！是你的。你的腦袋不是遺失好久了嗎？

麋角珊瑚

葉狀珊瑚

腦紋珊瑚

腦紋珊瑚不是真的腦袋，同學們，它只是正好長得很像而已。

星狀珊瑚

31

珊瑚礁有三種

——提姆的報告

1. 「裙礁」是指附著在岸邊的珊瑚礁。

從上面看　　　　從側面看

珊瑚礁

2. 「堡礁」則是珊瑚礁和海岸間還有一道海水存在。

海水

3. 「環礁」則是指環繞在海底火山四周的珊瑚礁。

海底火山

現在位置

島嶼

裙礁

卷髮佛老師和她的學生們，正位在小島岸邊的裙礁上。

卷髮佛老師又開始講解了：

「珊瑚礁提供了許多海洋生物一個舒適的家喔！」

我們果然看到了螃蟹和龍蝦，巨大的海鰻和章魚，看起來黏糊糊的海蛞蝓和長滿刺的海膽，以及世界上最五彩繽紛的魚。

大家一起笑一個！

我就知道我最有明星臉。

海鰻

硨磲蛤

海兔

才沒過多久，卷髮佛老師就說該離開了。沒有人希望被留在這邊，大家紛紛爬上船。

卷髮佛老師大腳一踩油門，老校車便轟轟作響的離開這片珊瑚礁。

大家不用擔心，我們很快就會到家的。
哪邊才是回家的路啊？
救生員
阿囉哈
現在有許多珊瑚礁都陷入危機之中，人類應該要幫忙拯救它們。
珊瑚礁要經過數千年才能形成。
請不要將它弄斷。
也不要污染它。
請小心對待我們的家園！
魨
棘龍蝦
小丑魚
章魚
陽隧足

海中的哺乳動物
—— 弗蘿莉的報告

　　海豚、鯨魚、海豹、海象等水中動物都不是魚類。

　　牠們和馬、狗、人類一樣，是內溫型（溫血）的哺乳動物。

　　大多數的魚都會下蛋，然而哺乳動物是不會下蛋的。

　　哺乳動物的媽媽直接生下小的哺乳動物，並以母乳餵哺牠們。

嗨！我是哺乳動物也。

世界真是小啊！我們也是呢！

海豹
海豚
鯨魚
海象
海牛
海獺

　　就在我們附近，一群海豚跳躍經過。較遠的海面上，還有又一隻鯨魚出現。

　　一切看起來都很正常。

　　但我們卻感覺到又有奇怪的事要發生。原來，我們的校車正逐漸在變平、變平……

抹香鯨

瓶鼻海豚

現在位置
海平面上
魔法校車

就像以前一樣，卷髮佛老師是唯一還保持鎮定的人。

她將校車開到一陣洋流裡去，我們隨著快速移動的潮流一下就衝過數千里遠。才一下子，我們又看到熟悉的海灘了。

請問一下，你們的校車一直都這麼神奇嗎？

這個嘛！它以前是沒變成過「船」啦～

也沒變得這麼「平」過啦～

其他方面嘛！倒是沒啥改變哩～

孩子們，保持好身體平衡！

海洋中的河流
——妃比的報告

海洋中的某些部分會像河流一樣流動。

我們把這些流動的區域稱為洋流。

我們必須要小心站在衝浪板上。
大家一起乘著一個狂暴的巨浪，
向岸邊衝去！

天啊，不會吧！竟來了個瘋狗浪！全班都掉進浪裡去了。
等我們回過神來，所有的人已被沖到沙灘上了。

要感謝我啊！孩子們！現在你們都安全了。

嘔！

小朋友，你們老師平常總是穿成這樣嗎？

不一定啦！有時候她還可能穿得更離譜呢！

我們身上的潛水衣早已消失無蹤。校車又回復到它的老樣子，而且還好端端的停在停車場，好像什麼事都沒發生過。

我們謝謝藍尼為我們做的一切，然後就上路了。

先生，可以幫我們照張相嗎？我從來不曾救過一整班的學生呢！

沒問題。大家招招手笑一個！

大海也在招手

防曬油

熱狗

鹹水太妃糖

救生員

回<ruby>到<rt>ㄉㄠˋ</rt></ruby><ruby>教<rt>ㄐㄧㄠˋ</rt></ruby><ruby>室<rt>ㄕˋ</rt></ruby><ruby>內<rt>ㄋㄟˋ</rt></ruby>， 我<ruby>們<rt>ㄇㄣˊ</rt></ruby><ruby>製<rt>ㄓˋ</rt></ruby><ruby>作<rt>ㄗㄨㄛˋ</rt></ruby>了<ruby>一<rt>ㄧ</rt></ruby><ruby>張<rt>ㄓㄤ</rt></ruby><ruby>美<rt>ㄇㄟˇ</rt></ruby><ruby>麗<rt>ㄌㄧˋ</rt></ruby>的<ruby>圖<rt>ㄊㄨˊ</rt></ruby><ruby>表<rt>ㄅㄧㄠˇ</rt></ruby>， <ruby>貼<rt>ㄊㄧㄝ</rt></ruby>在<ruby>佈<rt>ㄅㄨˋ</rt></ruby><ruby>告<rt>ㄍㄠˋ</rt></ruby><ruby>欄<rt>ㄌㄢˊ</rt></ruby>上<ruby>。

接下來，終於熬到可以回家的時候了。感謝老天今天是禮拜五！

經過了一整天瘋狂之旅，我們真的需要好好休息一個週末！

仔細找找看，哪些是真實的，哪些是故意編造出來的？

選擇測驗題

先閱讀題目，再看下面三個選項：A，B，C。選擇一個你認為對的答案。下一頁有解答喔！檢查看看你答對了幾題。

【題目】

1 在真實生活中，一輛校車開到海洋裡會發生什麼事？
　A 這校車會變成一艘潛水艇，再變成一個潛航器，再變成一艘小艇，
　　　最後成為沖浪板。
　B 這校車還是一輛校車。
　C 這校車變成一隻橡皮鴨。

2 海洋探險有可能在一天內完成嗎？
　A 是的，如果搭乘「碎碟蛤」就可以。
　B 不行，一天內不可能完成探險。
　　　不管行程如何安排，探險海洋都要花上好幾個月。
　C 有可能，那就要看一天有多長囉！

3 在真實生活中，海洋動物會講話嗎？
　A 是的，但牠們只在有重要事情時才會開口。
　B 是的，但是會有很多泡泡跑出來。
　C 不會，海洋動物不會講話。

【解答】

1 正確的答案是 *B*。一輛校車是不可能神奇地變成其他東西的。它也不可能在海面下行駛，水會滲透進去造成校車沉沒。

2 正確的答案是 *B*。在海中航行數千里要花上很長的時間。就連鯨魚也要花好幾個月才能從海洋的一邊遷徙到另一邊。

3 正確的答案是 *C*。確實有很多魚能發出聲音，而鯨魚和海豚似乎也有特殊的溝通方式。但海洋動物是不會用人類的語言說話的，更從來都沒有人聽過海星講笑話。

搭乘魔法校車來趟海洋之旅

邵廣昭

（中央研究院生物多樣性研究中心研究員）

海洋雖然佔了地球表面積的三分之二，是地球上生物可棲息空間的十分之九以上，但大家對海洋的認識卻十分不足，對海洋的保育更是落後。反之人們卻對海洋資源的開發利用毫無節制，對海洋的破壞也從未停歇，以至於許多珍稀的海洋生物在還未被科學家發現和命名以前就被人類趕盡殺絕了。因此如何加強海洋生態的宣導教育、調查研究和立法執法，以保護海洋生物的多樣性已成為目前全球各國政府共同努力的目標。

台灣四面環海，海洋生物原本十分豐富，但在過去三、四十年來過度捕魚、污染和棲地破壞的衝擊下，漁業資源正快速的減損。因此，海洋科學研究、海洋生態保育和教育，就顯得格外重要。海洋的教育要能普及奏效，無疑的應由中、小學生，甚至幼兒教育開始作起。

目前坊間已出版不少與海洋有關的科普讀物，但多半流於平鋪直敘，偏重知識或學理的介紹，不易引起學童的興趣。而由遠流所翻譯出版的這套【魔法校車】，應可彌補這方面的缺失。這套書所以能在美國大受歡迎，主要是因為內容輕鬆活潑，詼諧逗趣，又兼有冒險和科幻的情節，相信它在台灣也必定能獲得家長和小朋友的喜愛。

《魔法校車——潛進海龍宮》的內容，主要是利用一輛具有魔法的校車，在麻辣女老師的帶領下，載著小朋友，直接駛入海洋，過程驚險刺激，但也讓小朋友得以親自下海去欣賞這些五彩繽紛的海洋生物。

這輛校車先是駛過沙灘的「沙岸潮間帶」，再進入「岩岸潮間帶」，接著駛入「大陸棚的淺海域」，再沿著大陸斜坡往下駛入黑暗無光的「深海生態系」，甚至到達科學家一九七七年才發現的「深海熱泉生態系」，最後在上升返航途中再造訪最美麗的「珊瑚礁生態系」。可以說台灣周邊海域所擁有的各類不同的海洋生態系，都在這本書中作了介紹。更難得的是，在這本譯自美國的書中所提到的生物種類，除了少數幾種外，幾乎台灣都有分布；因此本書兼具了認識本土海洋生物的功用。

此外，《魔法校車——潛進海龍宮》中的校車設計也極巧妙，在駛入海底後，校車會隨著不同的海洋棲地而改變它的造型及功能。譬如進入深海則變成有照明的潛艇，到珊瑚礁就變成玻璃底船，回到沙岸的湧浪區又變成大型衝浪板，真是創意十足，其情節有如哈利波特的魔法一樣，新奇又刺激。

也因為作者的巧思，搭配精彩熱鬧的圖畫，豐富的內容，把許多海洋科學基本的常識，如潮汐、波浪、環礁的形成等，用淺顯易懂的註解方式表達，使這本書變成非常生動有趣，可讀性極高。更妙的是女老師身上衣服的圖案都會隨著環境背景的不同而變，留給小朋友無限想像和發揮的空間。兒童的教育改革的確要從小班教學、生活化，自己動手查資料做起，而非填鴨式的教育。書中所呈現的美國兒童教育方式很值得我們參考。

全書最後是以每個小朋友寫一封給國會議員的信，呼籲立法來保護海洋生態、拯救海洋生物作結尾，更是非常恰當。特別是在台灣，要拯救我們的海洋，唯有靠大家一齊來重視、來關心，了解如何尊重自然才能永遠地享受自然。真希望我們的小朋友也能夠每人一信呼籲我們的立法院要趕緊通過立法（如海岸法）來劃設海洋保護區。如此，台灣的海洋才有恢復昔日風華的一天，我們的子子孫孫才會有機會永續利用海洋的資源。

你搭過魔法校車嗎？

劉克襄
（兒童自然教育、自然旅行家）

春天時，我在北美東海岸旅行。

有一天，在森林散步時，遠遠地看到，一輛橘黃色的小學校車，從雪地裡緩緩駛來。它的鮮明模樣和鴨嘴型車頭，隨即讓我聯想到自己書桌上的那幾本【魔法校車】系列童書。於是，我好奇地問同行的美國鳥友夫婦，「你們有沒有聽過魔法校車？」

「你說的是不是，跟我們不一樣的觀察，那一系列嗎？」

好個「不一樣的觀察」！

他們還加了一句，「很暢銷喔！得了好多獎，電視上都有在演。」

我點點頭。然後，興奮地說，「我們台灣也要引進了。」

「那你最好小心，準備失業了。」他們知道我在台灣喜歡帶孩子自然觀察，因而對我戲謔。我卻一點不擔心，因為【魔法校車】處理的是世界性，自然環境的共通元素和題材，和強調本土的自然觀察是有差異的。而且，在思考模式和教學語言上，也截然不同。兩者間有很大的互補性，這樣處處強調自己動手、將學習融入生活中的美國兒童教育方式，正好可以帶給台灣孩子不同的刺激和趣味！

不久，我們抵達了目的地，波士頓近郊的華爾騰湖。繼續沿著湖岸散步。在這座一百五十年前梭羅經常沈思的湖泊旁邊，好幾名東方女子打坐著。

「假如梭羅在世，看到【魔法校車】，不知道會不會抓狂？」這回換我福至心靈，開起玩笑了。

才這樣說著，不免想起，【魔法校車】中那位花樣百出、魔力超強的卷髮麻辣女老師，還有那批古靈精怪的小學生們，以及一

次又一次奇特而荒誕的自然科學冒險。在一本一主題、詼諧緊湊的情節裡，老師和孩子們的對話常是很無厘頭、爆笑的。妙的是，一門門深奧難懂的自然科學，竟如此這般的，輕而易舉給傳達了出來。而孩子的想像力、好奇心和閱讀樂趣，也在每一次的捧腹大笑中被充分激發了、滿足了。

許久之後，這對夫婦其中一人回應，「梭羅大概會逃到更遠的湖泊吧！」話畢，兩人竟相視大笑。

梭羅在華爾騰湖時，那種知感性交錯地觀察種籽，樹種和小動物；並且，思考人和土地、自然間的關係，無疑是我們視為經典的自然觀察行徑，百年來亦多所依循。只是，梭羅若也帶孩童上自然課，看到今日【魔法校車】天馬行空式的顛覆教學法，一定以為像在聖堂唱搖滾歌曲吧！

接著，我再突發奇想，假如【魔法校車】裡的麻辣女老師帶領孩子來到華爾騰湖，會不會循著梭羅走過的路線，像我們一樣撿拾種子，觀察橡樹，以及凝視湖面？還是，一如叢書裡的逆向思考，懷疑梭羅在冬天是否敢裸泳？華爾騰湖的夏夜是否有水怪party？梭羅是不是常偷跑到波士頓玩？

上了湖岸，眼前那橘黃色的校車在另一邊的雪地停車。「叭」了一聲，一名小孩從小木屋出來，上了車。不知，他是否有搭過【魔法校車】？

有一天，若遇到搭過【魔法校車】的孩子，我有把握和他們來段「魔法對話」嗎？

突然間，我也懷念起遠在台灣的孩子。他們大概看到我桌上的那些【魔法校車】了。

【作者/繪者介紹】

喬安娜．柯爾 (Joanna Cole)

從沒坐過學校校車去深海底探險，但她的確曾在海邊渡過許多個夏天。在靠近紐澤西海邊長大的她，對海洋最深刻的印象就是採集貝殼、螃蟹、建造沙堡和乘著海浪玩耍了。

今天的柯爾則樂於寫科學書籍給孩子們看，【魔法校車】系列便是其一。這本《魔法校車──潛進海龍宮》，榮獲「美國書商聯盟」精選最佳童書，以及《教養雜誌》的非小說類神奇閱讀獎。她的傑出表現使她獲頒美國華盛頓郵報／童書協會的非小說類大獎，以及大衛麥考文學獎。

柯爾曾經做過老師與童書編輯，現在她則專職於寫作，以及陪伴她在康乃迪克州的先生與女兒。

布魯斯．迪根 (Bruce Degen)

仍然記得年少時在克尼島海邊遊玩的時光。每當到了該離開的時候，他總是假裝沒聽到母親的呼喚。

而這幾年來，迪根去了更多的海邊與水族館，親眼看到許多本書中出現的魚。他還曾經在加州海岸照顧過一隻海象，也非常光榮地擁有兩件「胡姆胡姆努庫努跨普阿阿魚」的T恤。

現在的他已是超過三十本以上童書的繪者，與他的妻子及兩個兒子同住在康乃迪克州。

【譯者介紹】

蔡青恩

台灣大學牙醫學系畢業，美國約翰霍普斯金大學公共衛生碩士。

熱愛自然與閱讀，為人母後更對兒童文學感到興趣。

現為專職母親，兼職翻譯與牙醫。